EMMANUELLE FIGUERAS

ANIMO DORAT

CLAIRE DE GASTOLD

SALTIMBANQUE ÉDITIONS

Bienvenue dans le monde invisible des odeurs ! 4

Des messages secrets qui nous échappent 5

1/Tous les nez sont dans la nature 6

Les super champions de l'odorat 7

Le requin blanc, détecteur en eaux troubles 8

Le chien sent ce qu'on ne voit pas 9

Le kiwi, des narines au bout du bec 10

L'escargot : des tentacules télescopiques 11

2/Sentir dès la naissance 12

Un message caché dans le lait de la lapine ? 13

La brebis et l'agneau : chacun son odeur ! 14

L'incroyable exploit du kangourou roux 15

3/Sentir pour se nourrir 16

Championne, la taupe étoilée ! 17

Le moustique : l'irrésistible odeur du pied 18

L'ours polaire, son odorat perce la glace 19

SOMMAIRE

4/Sentir pour séduire 20

Les messages codés du pipi de la girafe 21

Papillon de nuit, amour longue distance 22

Maki catta, qui pue le plus séduit le plus! 23

5/Sentir pour se reconnaître 24

Même odeur, même famille! 25

L'abeille: contrôle d'identitéà l'entrée 26

Le lion, pas d'intrus sur son territoire! 27

6/Sentir pour éviter le danger 28

La comédie de l'opossum de Virginie 29

La surprenante tactique du poisson-clown 30

La souris: un museau en guise d'alarme 31

7/Sentir pour s'orienter 32

Les autoroutes chimiques des fourmis 33

Le pigeon voyageur, quel flair! 34

Le saumon, un GPS dans le nez 35

chi...
le cerveau
4. Dans le cerv...

Bienvenue dans le monde invisible des odeurs !

Elles sont invisibles et pourtant elles sont partout. Dans l'air, sous l'eau ou sous la terre, le monde est plein d'odeurs. Notre nez en percevrait plus de 400 000 !

Ces odeurs sont le résultat de combinaisons entre plusieurs molécules chimiques qui transmettent toutes sortes de messages sans même qu'on s'en aperçoive.

Des messages secrets qui nous échappent

La plupart des animaux utilisent une méthode secrète pour communiquer entre eux. Laquelle ? Ils possèdent des petites glandes sous la peau qui diffusent des substances inodores et constituées d'une seule molécules : les phéromones.

Celles-ci véhiculent des messages chimiques (« Attention, danger ! » ou « Je fais partie de ta famille. ») que seuls les membres d'une même espèce perçoivent.

UN NEZ PEUT EN CACHER UN AUTRE

Beaucoup d'animaux ont un second « nez » situé dans un repli de la cloison nasale : cette partie de leur corps, qu'on appelle l'organe de Jacobson, leur sert à détecter les phéromones. Voilà pourquoi certains mammifères (le cheval, le tapir, le cerf…) font parfois une drôle de grimace : ils retroussent les lèvres pour mieux capter ces substances chimiques !

CHIEN D'AVALANCHE ET COCHON TRUFFIER

Grâce à leur nez, certaines espèces domestiques nous rendent de précieux services ! Le chien peut signaler la présence d'un explosif dans un bagage ou retrouver une victime sous la neige. Le cochon truffier, lui, est capable de sentir les champignons sous terre, et le rat peut détecter la tuberculose ou le choléra !

1/Tous les nez sont dans la nature

Les mammifères ont tous un nez. Mais d'une espèce à l'autre, il n'a pas forcément la même forme, ni le même nom ! L'éléphant et le tapir sentent les odeurs avec leur trompe, le cochon et le sanglier avec leur groin, le dauphin et le cachalot avec leur rostre, le chien et l'ours avec leur truffe, la vache et le bison avec leur mufle !

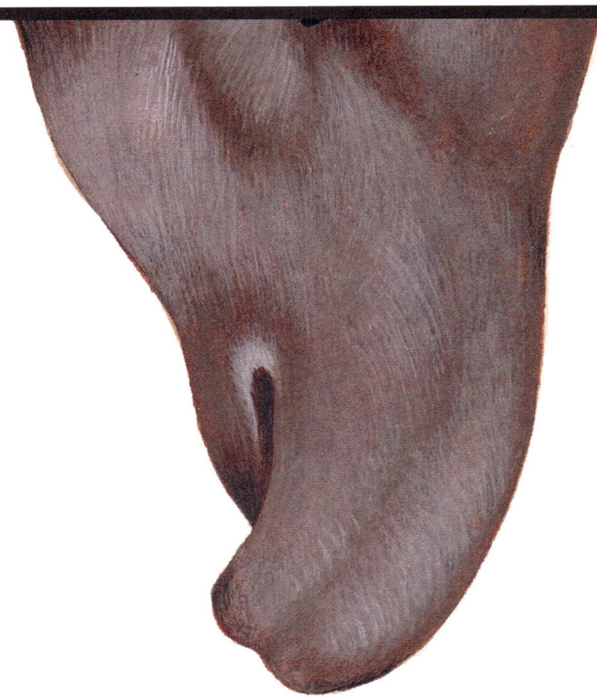

Les super champions de l'odorat

Quels sont les groupes d'animaux qui sentent le mieux ? Les scientifiques ont longtemps essayé de classer les poissons, les oiseaux ou les insectes dans deux catégories : les macrosmates, dont la muqueuse olfactive très étendue leur permet de détecter un grand nombre d'odeurs, et les microsmates, dont la muqueuse olfactive plus petite serait moins performante. Mais ce n'est pas si simple !

La recherche scientifique a prouvé qu'il n'y a pas de bon et de mauvais odorat : chaque animal emploie en réalité ses facultés olfactives en fonction de ses besoins vitaux. C'est ainsi que les oiseaux marins utilisent leur odorat pour s'orienter, les requins pour se nourrir ou les abeilles pour se reconnaître !

S'il existait un championnat mondial de l'odorat, l'éléphant occuperait la première place du podium. Examiné par les scientifiques, son appareil olfactif est 5 fois plus performant que le nôtre et 2 fois plus que celui du chien ! Il serait suivi de près par le cochon, puis par la souris.

Le requin blanc, détecteur en eaux troubles

Le requin blanc est le plus gros poisson prédateur. Rien ne lui échappe ! Ce « nez nageur » détecte les mouvements de sa proie à plus d'un kilomètre et sent son odeur à une centaine de mètres.

LA FOURMI, SENTIR AVEC LES ANTENNES

Pas de narines chez les fourmis, qui sentent avec leurs antennes situées entre leurs deux yeux ! Celles-ci sont recouvertes de centaines de sensilles, des poils invisibles à l'œil nu qui captent les messages chimiques et les renvoient vers un lobe antennaire. C'est l'équivalent du bulbe olfactif des mammifères.

Chez les insectes, les fourmis sont les championnes de l'odorat. Elles ont 4 à 5 fois plus de récepteurs olfactifs que les abeilles, les mouches ou les guêpes !

Le chien sent ce qu'on ne voit pas

Si l'on pouvait la déplier, la muqueuse olfactive d'un chien mesurerait l'équivalent d'un mouchoir (environ 200 cm^2). En comparaison, la nôtre ne serait pas plus grande qu'un ticket de métro. Conclusion ? Grâce à son odorat ultra-performant, le chien peut percevoir des événements dont nous n'avons pas conscience !

300 MILLIONS DE NEURONES OLFACTIFS

Instrument de haute précision technologique, la truffe d'un chien ne fonctionne pas tout à fait de la même manière que notre nez. L'extérieur est recouvert d'une sécrétion humide qui piège les molécules odorantes contenues dans l'air. Et l'intérieur est séparé en deux compartiments : l'un pour respirer, l'autre pour sentir. Le détail ultra performant ? Cette dernière zone est équipée de près de 300 millions de neurones olfactifs, alors que nous n'en avons que 5 millions !

Le kiwi, des narines au bout du bec

Tous les oiseaux sentent et respirent par deux petites ouvertures situées à la base du bec. Tous, sauf un : le kiwi, dont les narines se trouvent tout au bout de son long bec flexible !

UNE POULE MYOPE

Le kiwi est décidément surprenant ! Cet oiseau de la taille d'une poule possède des pattes massives et des moignons à la place des ailes. Incapable de voler, il passe ses journées caché dans les buissons pour échapper aux prédateurs. La nuit, il se déplace dans les forêts de Nouvelle-Zélande à la recherche de nourriture. Il entend très bien mais il ne voit pratiquement rien, de près comme de loin… Ses principales qualités sensorielles se concentrent dans son bec ! En effet, d'après les connaissances scientifiques actuelles, son odorat serait bien supérieur à celui de nombreux oiseaux.

L'escargot : des tentacules télescopiques

Un long corps tout mou, une tête à tentacules, une langue râpeuse et une coquille minérale qui grossit tout au long de sa vie : l'escargot est décidément une drôle de bestiole !

Célèbre pour son exceptionnelle lenteur, ce gastéropode n'a pas non plus de conduit auditif. Il est complètement sourd, et ses yeux, placés à l'extrémité de ses grands tentacules, voient mal, même de près. La contrepartie ? L'escargot possède un excellent sens de l'odorat, du goût et du toucher sur lesquels il compte pour assurer sa survie !

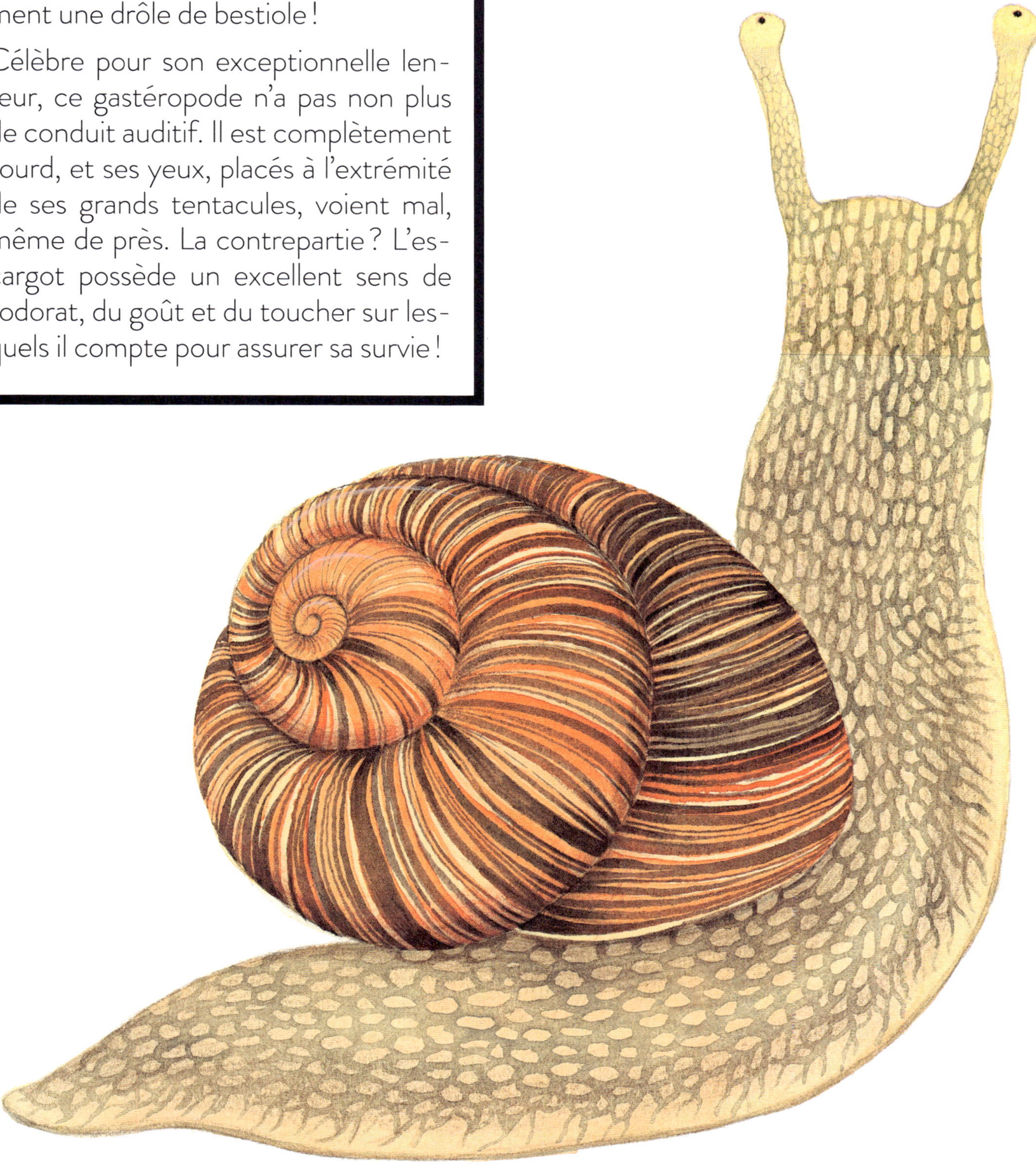

UN MODÈLE DE NEZ ARTIFICIEL ?

Qui aurait cru que cet animal baveux puisse nous servir un jour de modèle ? Dans le cerveau de l'escargot, la région équivalente au bulbe olfactif chez l'Homme s'appelle le procerebrum.

C'est cet ensemble de neurones très efficaces qui permet au gastéropode de repérer l'odeur d'une salade à plus d'une centaine de mètres de distance. Quel exploit ! Ces performances intéressent des chercheurs québécois qui aimeraient s'en inspirer pour créer un nez artificiel capable de détecter des produits toxiques dans l'air.

2/Sentir dès la naissance

Chatons, oursons, louveteaux… nombreux sont les animaux qui naissent aveugles. Mais tous sentent et reconnaissent ce qui les entoure avec leur nez !

Chez les humains, comme chez la plupart des mammifères, l'odorat du fœtus se développe pendant qu'il est encore dans le ventre maternel. Ce sens prioritaire joue un rôle essentiel dans la création du lien affectif entre la mère et son petit : chacun s'attache d'abord à l'odeur de l'autre !

Un message caché dans le lait de la lapine ?

À la naissance, les lapereaux pèsent environ 50 grammes, à peine plus qu'un abricot ! Ils sont sans poils, sourds, aveugles, incapables de marcher et de réguler leur température. Après la mise bas, la lapine passe très peu de temps dans le nid avec eux. Elle ne les allaite qu'une fois par jour pendant 3 à 5 minutes. Vite, vite, pour ne pas attirer l'attention d'un prédateur…

Son secret ? Son lait contient une phéromone très attirante pour ses petits : dès que les lapereaux la sentent, ils se précipitent vers les tétines de leur mère ! Ce surprenant réflexe de survie leur permet d'avaler des quantités impressionnantes de lait en un temps record. Du coup, les lapereaux grandissent vite et multiplient par 6 leur poids de naissance en seulement 3 semaines. Ils sont sevrés et autonomes vers l'âge de 1 mois.

La brebis et l'agneau : chacun son odeur !

Les brebis vivent en troupeaux et s'accouplent avec un bélier en automne. Résultat ? Des dizaines d'agneaux naissent en même temps au printemps ! Mais les mères ont une méthode infaillible pour retrouver leur petit au milieu des autres…

Tout de suite après sa naissance, la brebis lèche longuement son agneau. Elle le lave, le stimule et l'aide à se tenir debout pour qu'il puisse vite rejoindre le troupeau. Mais elle profite aussi de ce premier contact pour découvrir et mémoriser son odeur corporelle ! Il faut faire très vite : au bout de 6 heures, l'odeur caractéristique du nouveau-né s'évapore, et sa maman pourrait le rejeter.

Durant les premiers jours, cette odeur sert même de « code d'accès » à la tétée : chaque fois que l'agneau s'approche des mamelles de sa mère, la brebis le renifle pour l'identifier… Elle le nourrit seulement si elle reconnaît son odeur !

L'incroyable exploit du kangourou roux

Contrairement aux autres mammifères, les marsupiaux (kangourous, koalas, opossums...) naissent sous la forme d'un embryon. Incapables de survivre en l'état, ils utilisent leur odorat pour gagner la poche de peau, appelée marsupium, dans laquelle ils continueront à se développer.

COMPLÈTEMENT FOU !

La naissance du kangourou roux est si spectaculaire que personne n'a cru le premier scientifique à l'avoir observée en 1830. Comment une larve sourde et aveugle peut-elle se diriger seule vers la poche maternelle ? Même s'il n'y voit rien, le nouveau-né avance en suivant l'odeur de la salive que sa mère a déposée le long de son ventre ! Il utilise ses petites griffes comme des crampons pour s'accrocher aux poils et, après quelques minutes d'efforts intenses, le voilà enfin dans la poche ! C'est ici, pendu à une tétine, qu'il se nourrit et continue de grandir. Sa « deuxième naissance » a lieu à l'âge de 7 à 8 mois, quand il quitte son cocon devenu trop étroit pour lui.

3/Sentir pour se nourrir

Les insectivores consomment des insectes, les herbivores des végétaux, les carnivores de la viande… Chacun son menu ! Mais quel que soit leur régime alimentaire, la plupart des animaux repèrent leur nourriture à l'odeur qu'elle dégage.

Les scientfiques ont même découvert que la faim réactive le système olfactif : plus un animal est affamé, plus son odorat est performant !

Championne, la taupe étoilée !

La taupe étoilée ? On la reconnaît tout de suite à son étrange nez rose bordé de tentacules ! Ce petit mammifère quasi aveugle creuse des galeries sous terre et chasse dans les rivières d'Amérique du Nord. Ses 22 petits tentacules lui servent alors de cannes d'aveugle pour palper son environnement.

Pour compenser sa mauvaise vue, la taupe a développé une méthode originale afin de mieux sentir sa nourriture sous l'eau : elle fait des bulles avec son nez pour capter les odeurs de ses proies ! En se gonflant et en se rétractant, les bulles « attrapent » les molécules odorantes qui se mélangent à l'air, puis reviennent vers ses narines. Cette technique de chasse lui permet de repérer et d'avaler une larve d'insecte en moins de 1 seconde !

Le moustique : l'irrésistible odeur du pied

Les moustiques se nourrissent du nectar des fleurs. Ils le détectent principalement avec leurs antennes qui contiennent des récepteurs olfactifs. Mais ces récepteurs servent aussi aux femelles dans leur quête de sang !

SALADE DE BACTÉRIES

Une fois sa proie localisée, la femelle du moustique n'a plus qu'à suivre l'odeur de l'acide lactique ou de la sulcatone, une autre molécule contenue dans sa transpiration, pour la rejoindre. Une méthode infaillible ! Mais, d'une espèce à l'autre, toutes les femelles ne sont pas attirées par les mêmes types de sueur : certaines préfèrent les pieds, d'autres le cou, d'autres encore les oreilles… En étudiant la question de près, les scientifiques ont trouvé la réponse : ils ont pu démontrer que les bactéries qui couvrent notre peau n'émettent en effet pas la même odeur suivant l'endroit du corps où elles se trouvent. À chaque espèce sa préférence !

L’ours polaire, son odorat perce la glace

L’ours polaire pèse plus de 400 kg et mesure jusqu’à 3 mètres de long. Pour nourrir son énorme carcasse, le plus grand des prédateurs terrestres doit manger au moins un phoque par semaine. Son secret ? Un odorat exceptionnel !

GUIDÉ PAR SA TRUFFE

Ses larges fosses nasales lui permettent d’inspirer des grandes quantités d’air et captent les molécules odorantes sur de longues distances. L’ours détecte la présence d’une baleine échouée à 30 kilomètres et celle d’un phoque à plusieurs mètres de profonceur sous la glace ! Dès qu’il sent l’odeur de sa proie sous la banquise, il cherche un trou d’eau à proximité. Ensuite, il peut rester là sans bouger pendant plusieurs dizaines de minutes. Il attend. Et quand le phoque remonte à la surface pour respirer, l’ours l’assomme d’un violent coup de patte !

4/Sentir pour séduire

Pendant la saison des amours, le paon fait la roue, la grenouille coasse, le cerf brame, le homard grogne, la luciole clignote… Nombreux sont ceux qui développent des stratégies sonores et visuelles pour attirer une partenaire !

Mais l'odorat joue aussi un rôle majeur en période de reproduction. Poissons, mammifères, insectes et amphibiens s'envoient des signaux chimiques tous azimuts : la femelle pour dire qu'elle est prête à s'accoupler, et le mâle pour la renseigner sur ses qualités de bon reproducteur !

Les messages codés du pipi de la girafe

La girafe, comme la plupart des animaux, doit s'accoupler pour se reproduire et assurer la survie de son espèce. Mais la femelle girafe n'est fertile que quelques jours par mois.

Alors comment le mâle fait-il pour connaître la date exacte à laquelle il doit la courtiser ? Il renifle et goûte l'urine de la femelle ! Ensuite son appareil olfactif réalise le même travail qu'un laboratoire d'analyses médicales. Il détecte la quantité d'hormones sexuelles contenues dans le pipi, ce qui lui indique si la femelle est disposée à l'accouplement !

Papillon de nuit, amour longue distance

Les bombyx sont des papillons nocturnes, qui s'activent la nuit et se reposent le jour. Mâles et femelles vivent loin les uns des autres, mais ils ont développé une communication chimique qui fonctionne à des kilomètres de distance !

Maki catta, qui pue le plus séduit le plus !

Une jolie frimousse, des yeux orange vif et une longue queue rayée ? C'est un maki catta ! Ce lémurien est un petit primate qui vit sur l'île de Madagascar en groupes d'une vingtaine d'individus, mâles et femelles réunis. Tous dorment blottis les uns contre les autres et passent leurs journées à se toiletter, à se chauffer au soleil et à se nourrir de fruits, de fleurs et d'insectes.

Les mâles possèdent sous la peau des bras et des avant-bras des glandes qui libèrent des sécrétions répulsives. À la saison des amours, les rivaux s'enduisent la queue de ce parfum écœurant et la secouent en direction de leur adversaire. L'issue du combat ? Plus un mâle est fort et en bonne santé, plus son odeur est prononcée : c'est donc celui qui pue le plus qui gagne.

BATAILLES D'ODEURS

Les makis catta vivent en harmonie et, même s'il leur arrive parfois de se disputer, ils se battent rarement entre eux. Comme chez la plupart des autres mammifères, les combats représentent une perte d'énergie et un risque qu'il vaut mieux éviter. Mais l'humeur générale du groupe change pendant la période de reproduction. Ce qui les trouble ? Les femelles ne peuvent se reproduire qu'entre avril et juin, et chacune d'elles n'est fertile que durant 4 à 6 heures. L'enjeu est donc énorme pour les mâles, qui disposent d'un temps limité pour assurer leur descendance ! C'est là que les plus gros conflits éclatent et que se déclenchent les batailles d'odeurs.

5/Sentir pour se reconnaître

Chaque animal possède sa propre odeur et celle de son espèce. Deux chiens, deux fourmis ou deux vaches qui se rencontrent se sentent pour se reconnaître. Chacun renifle et analyse les odeurs corporelles de l'autre. Mieux qu'une carte d'identité, celles-ci le renseignent sur sa filiation, son âge, son humeur et même son état de santé.

Même odeur, même famille !

Comme les sangliers, les pécaris à collier sont des cochons sauvages. Mais ils sont plus petits et habitent le continent américain. Caractéristique de l'espèce ? Ces animaux vivent en clans soudés : plus ils sont unis, mieux ils se protègent contre leurs prédateurs (coyotes, pumas...) !

Les pécaris vivent en groupes familiaux et n'acceptent pas les étrangers. Dotés d'une mauvaise vue, ils se reconnaissent essentiellement entre eux par l'odeur. Grâce aux glandes qu'ils possèdent sous la peau des joues, ils échangent des molécules odorantes en se donnant des coups de tête. Aussi, chaque membre du groupe finit par être imprégné d'une odeur familiale, en plus de son odeur personnelle.

L'abeille : contrôle d'identité à l'entrée

Les abeilles vivent auprès d'une seule reine, souvent leur mère à toutes. Son odeur imprègne l'ensemble des membres de la ruche, soit plus de 20 000 abeilles dont la vie sociale est très organisée. Elles sont tour à tour nourrices, nettoyeuses, manutentionnaires, architectes, ouvrières, gardiennes... À chaque âge correspond un travail différent !

Quand elles ont 3 semaines, les abeilles deviennent butineuses : elles s'envolent à la recherche de pollen, de nectar et d'eau, qu'elles rapportent à la colonie. Suivant la proximité des fleurs, elles effectuent jusqu'à 100 voyages par jour.

Le lion, pas d'intrus sur son territoire !

Plusieurs femelles, quelques jeunes et un ou deux grands mâles adultes, voilà un clan de lions ! Ce clan occupe un large domaine vital qu'il partage avec d'autres grands félins.

Mais à l'intérieur de cet espace, chaque clan possède son propre territoire où les étrangers ne sont pas acceptés. Comment est-il délimité ? Grâce aux odeurs bien sûr !

LES BARRIÈRES ODORANTES

Les mâles, plus rarement les femelles, urinent sur des troncs d'arbres pour y déposer leurs odeurs. Ils utilisent aussi des glandes spécialisées (sous la queue, entre les orteils et sur le museau) pour vaporiser des phéromones en chemin : celles-ci déclinent leur identité (âge, sexe, état de santé, filiation…) et signifient clairement aux autres lions de passage qu'ils ne sont pas les bienvenus. S'ils franchissent la frontière, ils s'exposent à une riposte de la part des propriétaires !

6/Sentir pour éviter le danger

Pour beaucoup d'animaux, le nez agit comme un détecteur de danger : s'il capte la signature olfactive d'un prédateur, le cerveau ordonne automatiquement la fuite ou la contre-attaque !

Le revers de la médaille ? De nombreux prédateurs déjouent cette mécanique en dissimulant leurs propres odeurs pour attaquer leurs proies par surprise. C'est précisément pour cette raison que le tigre chasse en se plaçant face au vent ou que le chien se roule dans la boue !

La comédie de l'opossum de Virginie

Certains animaux trompent leurs prédateurs en produisant une fausse odeur de cadavre quand ils se sentent menacés. La couleuvre à collier, la coccinelle, l'opossum, la punaise d'eau… tous utilisent la même technique de défense : ils trichent face à l'ennemi !

Attaqué, l'opossum de Virginie tente d'abord de se défendre à coups de dents. Mais, en cas d'échec, il se laisse tomber raide sur le flanc, les yeux clos, la langue pendante et la gueule ouverte. Il bave et défèque une substance verdâtre au parfum pestilentiel, qui décourage son adversaire ! Ce comportement résulte-t-il d'une manœuvre volontaire ou d'une réaction instinctive provoquée par un choc ? À l'heure actuelle, les scientifiques se posent toujours la question.

La surprenante tactique du poisson-clown

Qui va là ? Sans armes ni venin, le petit poisson-clown à trois bandes est toujours sur le qui-vive. Dans les eaux parfois troubles et agitées du Pacifique ou de l'océan Indien, les prédateurs sont légion. Son mode de défense ? L'anticipation !

Le poisson-clown a une mauvaise vue et, ses nageoires étant petites et rondes, il ne nage pas très vite. En revanche, il peut détecter un danger avant qu'il ne s'approche trop près de lui. Bien plus développé que le nôtre, son odorat lui permet de sentir n'importe quel gros poisson de loin et des petits capteurs sensoriels, situés sur son flanc, le renseignent sur les mouvements de l'eau !

RUSE DE SIOUX

Que fait le poisson-clown quand il sent la dangereuse odeur d'un prédateur ? Il se cache au milieu des tentacules venimeux de l'anémone de mer : un refuge dans lequel aucun autre poisson n'ose s'aventurer, au risque de se retrouver paralysé par un puissant neurotoxique, un poison qui atteint les nerfs ! Même si les scientifiques ne l'expliquent pas encore très bien, le poisson-clown, lui, est immunisé contre ce venin et protégé par l'anémone. En échange, il la débarrasse des poux de mer et mange ses restes de repas (des petits crabes). Voilà pourquoi il s'éloigne rarement à plus de 50 mètres de sa précieuse cachette !

La souris : un museau en guise d'alarme

Exposée aux attaques de nombreux prédateurs (chats, rapaces, serpents...), la souris grise est une professionnelle de la fuite. Ses principaux atouts ? Sa petite taille passe-partout, sa vision panoramique, son ouïe supersonique et son odorat très développé !

7/Sentir pour s'orienter

Comment retrouver sa route quand on parcourt des kilomètres de distance chaque jour ? Le loup, l'ours, le cheval ou le chat mémorisent des repères visuels (rochers, arbres, buissons…) dans le paysage. Mais ils déposent aussi des jets d'urine, des crottes ou des traces de griffes en chemin qui leur servent de balises odorantes pour ne pas se perdre.

Les autoroutes chimiques des fourmis

Comme les abeilles, les fourmis vivent en sociétés organisées et communiquent sans cesse entre elles. Elles ont même plusieurs petites « poches » dans la tête, sous les mandibules ou l'abdomen, qui produisent chacune des phéromones différentes !

L'une d'elles, la glande de Dufour, délivre uniquement des messages concernant la qualité de la nourriture (fruits, cadavres d'animaux...), sa quantité ou la direction à suivre pour aller la chercher. Une goutte déposée au sol attire les ouvrières sur la piste, tandis qu'une autre peut faire office de sens interdit. De cette manière, les fourmis tracent au sol de véritables réseaux routiers que toutes empruntent pour sortir et rentrer à la fourmilière !

Le pigeon voyageur, quel flair !

Domestiqué depuis des millénaires, le pigeon voyageur n'est pas élevé pour son chant ou la qualité de son plumage, mais pour sa capacité à toujours revenir à son pigeonnier. Même relâché de très loin, il retrouve systématiquement son chemin.

En vol, il choisit d'abord sa direction en fonction des odeurs qu'il respire. Puis il corrige sa trajectoire en observant la position du soleil ou des étoiles dans le ciel. Sa muqueuse olfactive lui sert de carte de navigation.

Le saumon, un GPS dans le nez

Depuis l'océan, le saumon parcourt des milliers de kilomètres à la nage pour venir se reproduire dans la rivière où il est né. Comment fait-il pour s'orienter sous l'eau ? Cet exploit, qui a longtemps intrigué les scientifiques, a fini par être expliqué par les odeurs.

L'ODEUR DE LA RIVIÈRE

Comment le saumon fait-il pour être sûr de remonter la bonne rivière ? Il sent, goûte et analyse l'eau pour la reconnaître. Afin de le vérifier, des scientifiques canadiens ont parfumé une rivière avec de la lavande pendant la période des éclosions. Quelques années plus tard, ils ont parfumé une rivière voisine au moment du retour des saumons. Résultat ? Tous les poissons se sont dirigés vers la seconde rivière… preuve que c'est bien l'odeur qui les a guidés !

**L'éditeur et l'auteure remercient Roland Salesse,
ingénieur agronome à l'INRA et docteur ès Sciences,
chargé de mission à la culture scientifique,
qui a relu et corrigé cet ouvrage.**

57 rue Gaston Tessier – 75019 Paris
ISBN : 978-2-37801-103-1 – Dépôt légal : septembre 2019 – Tirage n° 1
Loi 49-956 du 16 juillet 1949 sur les publications destinées à la jeunesse

Photogravure : Apex Graphic – Fabrication : Ex Fabrica
Achevé d'imprimer en Chine
par Asia Pacific Offset, en avril 2019
L'agence OKIDOKID a accompagné la publication de cet ouvrage